Manfred Tasler

Am Ende der Allee

Gedichte

FRIELING

Die Deutsche Bibliothek – CIP-Einheitsaufnahme
Tasler, Manfred:
Am Ende der Allee : Gedichte / Manfred Tasler. –
Orig.-Ausg., 1. Aufl. – Berlin : Frieling, 1997
(Frieling Lyrik)
ISBN 3-8280-0352-4

© Frieling & Partner GmbH Berlin
Hünefeldzeile 18, D–12247 Berlin-Steglitz
Telefon: 0 30 / 7 74 20 11

ISBN 3-8280-0352-4
1. Auflage 1997
Sämtliche Rechte vorbehalten
Printed in Germany

Inhalt

Meine Erde	5
Wandern am Deiche	6
Das Ziel	7
Die Gnade	7
Abend am Meer	8
Sorge dich nicht!	9
Ich suche das Land	10
Heimkehr	11
Abtreten	12
Einsamkeit	13
Die Wahl	14
Allein	15
Herbst	16
Neisse I	17
Neisse II	18
Es	19
Verlust	20
Traum	21
Die Uhr	21
Wiegenlied	22
Stadtnacht	23
Spuren	23
Kinder fragen	24
Seele des Kindes	25
Heimweh	26
Frühlingsboten	27
Zeit-Uhr	27

Im Winde	28
Überleben	29
Damals noch …	30
Auf dem Heimweg	31
Die Glotze	32
Die Vertreibung	33
An die Jugend	34
Suche die Antwort	35
Bosnische Weihnacht	36
An einem Tag …	37
Wanderung im Nebel	39
Gott ähnlich	40
Manchmal …	41
Ende der Allee	42

War einmal …

Der Teddybär	43
Weiser Mann	43
Der Indio	44
Der Geck	44
Das Warzenschwein	45
Paradies	45
Spinnenweib	46
Kleiner Wurm	46
Bumerang	47
Handy-Man	47

Meine Erde

Es sprach mich an
Das Rauschen des Waldes
Es sprach mich an
Die Weite des Meeres
Es sprach mich an
Die Mühsal des Menschen

Seitdem trage ich
Sonne und Erde
Auf meinen Schultern
Als Segen und Fluch

Und Gott läßt nicht handeln
Ich muß es ertragen
Ich muß sie bezwingen
Aus der ich einst kam

Wandern am Deiche

Kanäle durchziehen uraltes Land
Und Wellen umspülen Spuren im Sand
Blühende Deiche
Kristallenes Licht
Tanz auf den Wellen
Endlose Sicht

Im gaukelnden Fluge Kiebitze schrei'n
Und Möwen beim Pfluge, Pfade und Rain
Reißende Priele
Gleißendes Watt
Spiel auf dem Vorland
Natürliches Patt

Wie Winde wiegen Meereswellen
In grenzenloser Einsamkeit
Die Menschen leben und zerschellen
Und von den Rudern tropft die Zeit

Das Ziel

Ich suchte das Ziel –
Und es kam auf mich zu

Ich wollte es fassen
Doch es ging vorüber
Und löste sich auf
Am Horizont

Ich aber blieb zurück
Und war beschämt

Die Gnade

Das Fallen des Menschen: ist menschlich
Das Liegenbleiben: teuflisch
Das Wiederaufstehen aber:
Das ist göttlich

Abend am Meer

Langsam senkt sich die Sonne auf's Meer
Langsam gleitet die Möwe herein
Über dem Wasser glitzert
Der purpurne Abendschein

Unendliche Weite
Gebrochenes Licht
Und Welle auf Welle
Unendlich dicht

Der Feuerball fällt
Ins Reich der Toten
Und Welle auf Welle
Als wären sie Boten

Fall ins Vergessen
Heimkehr ins Nichts
Welle auf Welle
Menschen zerbricht's

Sorge dich nicht!

Sorge dich nicht
Um die Erziehung
Deiner Kinder:
Die Schule –
Die Medien –
Die Straße –
Nehmen dir das ab

Sorge dich nicht
Um dein tägliches Brot:
Deine Kinder –
Deine Verwandtschaft –
Die Wohltätigkeitsvereine –
Nehmen dir das ab

Sorge dich nicht
Um dein Leben:
Die Werbung –
Die Kirchen –
Der Staat –
Nehmen dir das ab

Dein ganzes Leben!
Nehmen sie dir ab!

Ich suche das Land

Ich suche das Land
Das es noch gibt
Ich suche das Land
Das mir verblieb
Das Land –
Wo der Mond mir in silbernen Liedern
Und der Tau des Morgens mir
Die Müdigkeit der Lider
Und die Traurigkeit der Seele nimmt
Das Land –
Wo funkelnde Sterne tauchen
Ins schimmernde Grün der Nacht
Wo trunkene Gräser sich neigen
Wenn Winde wiegen Wolken sacht

Ich suche das Land
Das nirgend' ist
Ich ahne das Land
Wo meine Seele ist

Heimkehr

Ich habe den Erdkreis durchmessen
Und kam doch nie an ein Ziel
Die Jugendträume? – Vergessen
Das Leben? Ein Traum – zerfiel

Die Einsicht, daß ich nur im Kreise
Die langen Jahre gegangen bin
Das traf mich in tiefster Weise
Ernüchtert frage ich nach dem Sinn

Ich hab meine Lehren gezogen
Find' Trost – das ist nun die Wende
Bei Gott – der mir immer gewogen
Ergreif' ich nun froh seine Hände

Abtreten

Ich hab' meine Träume
Abgetreten
An die Nacht –

Auch ich war
In Arkadien geboren
Unter dem Mantel der Götter
Wurde ich groß

Auch ich bin
In euren Schulen gewesen
Bin voll willens
An die Arbeit gegangen
Und hab' die Welt
Um keinen Deut reicher gemacht

Das Grauen lernte ich
Bei den Menschen
Die ihr Gesicht verloren
Die apokalyptischen Reiter
Fliegen heran
Und tote Schatten
Bilden Spalier

Hoffnungen und Träume
Verschwimmen im Nichts
Und meine Seele
Wartet
Auf die Schwingen der Nacht

Einsamkeit

Das Meer –
Der Strand –
Die Wellen –

Allein – in weiter Zeit
Wo ist der Mensch –
Wo ist ein Gott –
Was ist nur – die Unendlichkeit

Die Sonne sinkt zum Horizont
Schickt gleißend ihre Bahn
Möcht' wandeln auf ihr
Fort und fort –
Bis hin zu dem verheiß'nen Ort …

Das Meer – der Strand – die Wellen –

Die Wahl

Mit sphärischen Klängen
Lud mich ein Engel
In den Himmel ein

Mit feurigen Farben
Bot mir der Teufel
Die Hölle an

Ich habe die Wahl?
Ich habe die Wahl!

Ich wähle die Menschen:
Sie bieten beides!

Allein

Die Zeit geht –
Tätowiert Runen
Ins Gesicht
In die Seele

Bin ich allein –
Sehe ich ihn
Ihn
Der mir folgt
Der mich verfolgt
Ein Leben lang
Mit hohlen Wangen
Mit schwarzer Magie
Der mir –
Mir die Stunden stiehlt
Der mir –
Das Gesicht entstellt
Der –
Der mit den drei Buchstaben
Drei Buchstaben!

Der Klang tut weh

Herbst

Die letzten Wildgänse
Aus dem Norden
Bringen Schnee
Auf ihren Schwingen

Das letzte Blatt
Löst sich vom Zweig
Und fällt
Zurück in die Zeit

Dann ...
Sich auflösend
Strömen die Jahre
An flüchtige Ufer

Neisse I

Ich ging in das Land meiner Väter
– Nach Jahren sah ich den Weg –
Und fand fremde Stimmen, Gesichter
Vertraut noch so mancher Steg

> *Da waren wieder die Bomber*
> *Die Straßen voller Rauch*
> *Da waren wieder die Stukas*
> *Und Gott? – vergaß uns auch*

> *Die Menschen krochen in Löcher*
> *Ein Leichentuch fiel herab*
> *Die Ratten nagten an Resten*
> *Die Stadt? – ein einzig' Grab*

Ich geh' aus dem Land meiner Väter
Gerissen ist nun ein Band
Muß tragen in meinem Herzen
Mein heimatloses Land

Neisse II

Mir träumte von jener Zeit
Da ich noch stand vor der Mutter Haus
Da noch die Welt und der Himmel weit
Mit anderen spielte, mich trieb es hinaus

Mir träumte …
Ich ginge die Straße
Zum Neisser Ring
Liefe zum Fluß
Fing Schmetterling
Der Schöne Brunnen –
Ein Kreiselspiel
Den Kinderträumen
Ich ganz verfiel

Doch wie ich erwache
Und sehe den Mond
Seh' ich ein Land
Hab' lang hier gewohnt
Seh' ich erschrocken
Sehr wehmütig leis':
Mein Antlitz verändert
Die Haare sind weiß

UND GÖTTER ZÄHLEN DIE TRÄNEN NIE

Es

Es ist über Meere gekommen
Es kam mit Wellen geschwommen –
Und lagerte am Strand

Erhob sich dann in die Lüfte
Verdunkelte Städte und Grüfte
Und Schatten fiel auf's Land

Die Ängste krochen in Gassen
Die Menschen begannen zu hassen –
Und dunkel ward der Tag

Die Herzen wurden vermauert
Von Fledermaus, gelb, umlauert –
Und Feuer fiel herab

Tot waren nun Menschen, Tier und Baum
Die Erde – verschollen im Raum

Wir haben die Chance
Verpaßt

Verlust

Die Gegenwart frißt
Die Zeit von gestern
Die Gegenwart frißt
Die Zeit von morgen
Das Goldene Kalb
Tanzt heute

Weh' mir ...
Wenn das Gestern vergessen
Und das Morgen geleugnet
Wenn die Vergangenheit gelöscht
Und die Zukunft vereinnahmt wird ...

Bin dann krank an der Seele
Bin dann ausgestoßen
Aus der Mitte des Seins

Traum

Noch ist Raum
Für meine Träume
Noch finden die Träume
Ihren Raum
Tag um Tag
Nacht um Nacht
Wirklichkeitstraum?
Traumwirklichkeit?

Was aber bin ich
Wenn ich nicht träume?

Die Uhr

Die Hämmer der Uhr
Schlagen
Sekunde um Sekunde
Brücken
In die Zeit

Sekunde um Sekunde
Glaubst du anzukommen
Am zeitlosen Ziel

Wiegenlied   *Für Sonja und Axel*

Schlaf', mein Kind! Dein Vater wacht
Behütet deine Träume
Der liebe Gott, auch heute Nacht
Geht segnend durch die Räume

Schlaf', mein Kind! Einst bin ich fern
Geh' aufrecht durch dein Leben
Daß andre Menschen dir dann gern
Ihr Herze mögen geben

Schlaf', mein Kind! Auch du wirst alt
Und dann gedenk' ich dein
Dann werden wir und auch recht bald
Bald wieder zusammen sein

Stadtnacht

Der Abend legt seinen Mantel an
Mond liegt auf den Dächern
Dächer schatten die Straßen ein
An den Fenstern
Drücken sich Schatten vorbei

Bleckende Scheiben und
Spiegelnder Asphalt
Chiffren an Mauern
Klären die Welt
Und Diebe
Stecken ihre Köpfe zusammen

Spuren

Die Blumen in meiner Hand
Tragen die Zeichen des Todes
Im Antlitz des Greises sehe ich
Die Spuren des Lebens

Kinder fragen

Antworte!
Wenn Kinder fragen
Wo komm' ich her
Wo geh' ich hin
Wo ist der Gott
Der mich erschuf

Antworte!
Wenn Kinder fragen
Warum gibt's Krieg
Und hungern Menschen
Warum sind wir im All
Und seh'n den Himmel nicht

Antworte!
Wo ist unser Herz
Wo unsere Seele
Wo ist unser Weg
Wo unser Ziel
Wo ist der Sinn

Antworte –
Wenn du kannst

Seele des Kindes

Lachen der Kinder
Ist Spiegel der Seele
Ist Spiegel von Unschuld
Frohsinn und Glück

Weinen der Kinder
Ist Lösung von Ängsten
Ist Lösung von Trauer
Schmerzen und Gram

Schweigen jedoch
Ist Resignation
Verzweiflung und Ohnmacht
Ist der Tod der Seele

Heimweh

O diese Menschen
Sie bringen mich um

Kommt, ihr Winde
Verweht den Spuk
Zerreißt den Schleier

Kommt, ihr Gnomen
Der Wälder und Berge
Ihr Elfen der Wiesen
Der Sümpfe und Weiher

Kommt –
Und bringt mich zurück
Zu meinen Göttern

Frühlingsboten

Noch klirren die Zweige
Im Winde
Hagel erschwert das Atmen
Der Natur
Doch langsam, unmerklich
Verheißende Lüfte
Drängen weiter und
Bringen hervor
Eine Knospe am Strauch
Eine Knospe –
Welch' eine Hoffnung!

Zeit-Uhr

Die Uhr – schlägt
Zerhackt die Zeit
Zeitlosigkeit geteilt
In Vergessen und Hoffen
Gebannt in den Kreis
Bis die Zeiger fallen

Im Winde

Birkenweiß und Kieferngrün
Gemischt mit Azurblau
Tupferbunt und Immergrün
Perlmutt im Wasserblau

In klarem Sphärenklang
Schwimm' ich im All der Zeit
Und bleibe und leb' der Seligkeit
Wo ich noch fand Gesang

Doch immer weht der Wind
Und trägt Gedanken fort
Sie kehren wieder an jenen Ort
Wo ich mich wiederfind'

Kieferngrün und Birkenweiß
Verschwunden ist der Traum
Gott war ich – nun bin ich Greis
Und falle in den Raum

Überleben

Dunkle Fenster blecken
Spiegelnder Asphalt
Vermummte Bäume recken
Die Wipfel ohne Halt

Mauern ohne Zeichen
Latern'n und fahles Licht
Verhaltene Schritte weichen
Die Welt – zerbricht

Damals noch ...

Damals noch
    Schlugen die Nachtigallen
    Sangen den milden Abend herauf

Damals noch
    Kamen die Sommer
    Blühende Gräser und Blumen zuhauf

Damals noch
    Spielten die Kinder
    Tobten die Berge hinab und hinauf

Doch heute?
    Die Vögel verschwunden
    Der Frühling ist stumm
    Die Falter entschwunden
    Kein Bienengesumm

    Verblaßt sind die Farben
    Verarmt ist das Herz
    Die Seele hat Narben
    S' wird nie wieder März

Auf dem Heimweg

Stille und Schrecken
Dumpfes Grauen
Klirrende Kälte
Liegt über'm Land

Schrecken und Ängste
Gebrochener Wille
Ziehende Schmerzen
Erdrücken das Land

Ängste der Menschen
Verkrüppeln die Seelen
Nähren die Sehnsucht
Zur Heimkehr ins Nichts

Die Glotze

Die Heizung wärmt
Der Kasten läuft
Ich döse in die Zeit
Ich seh' auf's Bild
Und nasche was
Und sehe doch nur Neid

Die Weite bringt's
Man ist empört
Ich bin der Zeitgenosse
Ich seh' auf's Bild
Und ruhe sanft
Und sehe in die Gosse

Verdammt! Es sollt' ein Mensch
So er noch Mensch sein kann
Mal aufsteh'n und den Kopf betät'gen
Mal abdrehn diese blöden Rädchen
Da wär' er Mensch
So dann und wann

Die Vertreibung

Kinder erwachen
Und sehen die Sonne
Sehen die Blumen
Und schmecken den Tau

Kinder erleben
Und lieben den Menschen
Lieben das Leben
Und spiel'n mit dem Wind

Kinder erfühlen
Und spüren das Leben
Spüren die Seele
Und bleiben sie selbst

Ihr Paradies jedoch
Wird geplündert –
Uniformiert –
Filtriert
Und brutalisiert

Kains Schuld?

An die Jugend

Ich stehe auf Berges Gipfel
Und höre die Stille im Tal
Der Wind rührt leicht die Wipfel
Ich ruhe in Gottes Saal

Die Sterne geh'n auf und nieder
Die Quellen murmeln ihr Lied
Und Träume kommen dann wieder
Von Blüten und Faltern und Riet

Aber hin ist meine Jugend
Abgegrast – ein Stoppelfeld
Dieses Herz, einst voller Tugend
Ist nicht mehr in dieser Welt

Armes Herz, und nun bewahre
Hoffnung, wie's einst Gott verfügt
Hin sind alle Jugendjahre
Weil ein Traum mir nicht genügt

Suche die Antwort

Was bedeuten dir
Die Blumen
Was die Gräser und der Wald

Was erzählen dir
Gedichte
Was die Märchen und ein Lied

Was erkennst du
In den Tieren
In den Menschen und in dir

Frag' den Himmel
Frag' die Sterne
Frag' die Sonne und den Mond

        Und suche die Antwort
        In deinem Herzen
        In deiner Seele
        Tief in dir

Bosnische Weihnacht Eichendorff „Weihnachten"

Markt und Straßen steh'n verlassen
Tod kehrt ein in jedes Haus
Heckenschützen „säubern" Gassen
Sarajevo geh'n die Lichter aus

Und die Fenster haben Frauen
Bunt mit Plastikzeug geschmückt
Blauhelmleute steh'n und schauen
Wie der Krieg die Stadt erdrückt

Und ich wand're aus den Mauern
Bis hinaus aufs Friedhofsfeld
Hehres Glänzen? Nein, Erschauern
Denn selbst Gott flieht diese Welt

Bomber hoch die Kreise ziehen
Bomben in die Dunkelheit
Aussichtslos ist alles Fliehen
O du gnadenreiche Zeit

An einem Tag ...

An einem Tag wie diesem ...
Sterben Kinder in Bosnien
An Granaten
Die wir herstellten

Verhungern Kinder im Sahel
An der Gleichgültigkeit
Die wir uns zugelegt haben

Vegetieren Menschen von Abfall
Auf Müllhalden
Die der Wohlstand aufschüttet

An einem Tag wie diesem ...
Sind für die Deutsche Bank
Die Schneidermillionen
Peanuts

Verfallen katholische Apotheker
Die Verhütung verkaufen
Der Todsünde

Können alle Bundesbürger
Die Soldaten bezeichnen
als Mörder

Lohnt es sich?
An einem Tag wie diesem ...
Fünf Mark für Bosnien
Zu spenden?
Dem Bettler am Markt
Zu geben?
In die Kirche zu gehen
Zum Beten?
Ein weinendes Kind
Zu trösten?
An ein Vaterland
Zu glauben?

Lohnt es sich wirklich noch?
Ein Kind in diese Welt zu setzen?
Lohnt es sich?

Wanderung im Nebel

Herrlich, im Nebel zu wandern
Schemenhaft gleiten vorbei
Stimmen und Schritte der ander'n
Trautes ist auch dabei

Augen, Gesichter verschwimmen
Deutlicher treten hervor
Freunde, die zu gewinnen
Mühe und Kraft war zuvor

In überschaubarem Kreise
Bewegen sich Mensch und Raum
Sie wagen die weite Reise
Erleben die Welt im Traum

Gott ähnlich

Ein Gott, der sprach:
„Es werde Licht …"
Und schuf damit
Das Dunkel

Ein Gott, der sprach:
„Der Mensch sei gut …"
Und schuf damit
Das Böse

Ein Gott, der sprach:
„Nun mehret euch …"
Und schuf damit
Die Kriege

Er schuf den Menschen
Nach seinem Bild …

O wie grausam
Muß dieser Gott
Sein

Manchmal ...

Manchmal – wenn die Finken schlagen
Unterm Tau sich Gräser neigen
Wenn die Himmel Wolken tragen –
Halt ich inne – und muß schweigen

Manchmal dann – flieht meine Seele
Weit zurück – In fernen Jahren
Wo die Gräser und die Finken
Alle noch wie Brüder waren

Hier verliert sich meine Seele
– Losgelöst von aller Zeit –
In den weiten Gärten Edens
Arme der Unendlichkeit

Fremd, verwandelt kehrt sie wieder
Mühsam tragend altes Leben
Fragt nach Sein und nach dem Werden
Wie kann ich denn Antwort geben

Ende der Allee

Die Zeit ist müd', sie will schon gehn
Der Herbst senkt nun sein Haupt
Ich wandre müde und verstaubt
Vereinsamt in Alleen

Die Zeit geht schnell, schon fällt der Schnee
Die Sonne sinkt – blutrot
Ich dreh' mich um – und seh' den Tod
Am Ende der Allee

Die Zeit ist alt, sie klagt ihr Weh
Der Mond steht blaß und kalt
Ich wende mich – und geh nun bald
Ans Ende der Allee

War einmal ...

Der Teddybär

War einmal ein Teddybär
Wollte gern zum Militär
Militär, das wollt' ihn nicht
Teddybär verstand das nicht

Die Moral von der Geschicht':
Teddybären schießt man nicht

Weiser Mann

War einmal ein weiser Mann
Lacht sich eine Dirne an
Dirne aber wollte nicht
Weiser Mann verstand das nicht

Die Moral von der Geschicht':
Dirne wahrte ihr Gesicht

Der Indio

War einmal ein Indio
Lebte glücklich und sehr froh
Kam Picarro, dieser Wicht
Blies ihm aus das Lebenslicht

Die Moral ist sonnenklar:
Sei nie glücklich! – Ist doch wahr!

Der Geck

War einmal ein eitler Geck
Fand sich schön und auch sehr keck
Stolziert vorm Spiegel hin und her
Doch nichts zu sehen – er blieb leer

Die Moral von der Geschicht':
Nicht jeder Mensch hat ein Gesicht

Das Warzenschwein

Es war einmal ein Warzenschwein
Sein Ausseh'n macht' ihm große Pein
Doch seine Frau, die stört das nicht
Drum glücklich strahlte sein Gesicht

Und die Moral: das Herz wird warm,
Denn in der *Seele* sitzt der Charme

Paradies

War einmal ein Paradies
Adam sich zur Ruhe ließ
Flugs, da sprang aus seinem Leib
Eva, dies verflixte Weib

Die Moral, Mann, hör' gut zu:
Erster Schlaf gleich letzte Ruh'

Spinnenweib

Es war ein Spinnenweib ganz heiß
Becirct den Mann, wie man ja weiß
Doch nach der Hochzeit – gar nicht fein –
Fraß sie ihn auf – nebst Arm und Bein

Die Moral von der Geschicht':
Mann, trau dem Charme der Weiber nicht

Kleiner Wurm

War einmal ein kleiner Wurm
Stieg auf einen großen Turm
Sprang dann ab mit viel Geschick
Stürzte ab, brach das Genick

Die Moral von der Geschicht':
Mensch, versuch die Götter nicht

Bumerang   in Erinnerung an Ringelnatz

„War einmal ein Bumerang
War ein weniges zu lang
Bumerang flog dann ein Stück
Aber kam nicht mehr zurück"

Und die Moral, Mensch, sei doch heiter
Mutiere auch, dann kommst du weiter

Handy-Man

Es war einmal ein Handy-Man
Er war sonst wie die anderen
Doch wenn's an seiner Hose piepte
Da war's der Ton, den er so liebte
Riß raus das Ding und ran ans Ohr
Nun kam er sich ganz wichtig vor

Mit leicht gesenkten Augenlidern
Doch stolz in allen seinen Gliedern
Geht er gemess'nen Schritts vor Schritt
Bekommt die Menschheit das auch mit?
Schlägt wieder zu ganz schnell die Klappe
Und niemand merkt es: war Attrappe

Und die Moral? Ein Übel aller Zeiten:
Es ist der Markt der Eitelkeiten